AF363872

VENTE DU LUNDI 18 DÉCEMBRE 1893

HOTEL DROUOT, SALLE N° 7

A TROIS HEURES PRÉCISES

COLLECTION

DE

TABLEAUX

MODERNES

AQUARELLES, DESSINS ET PASTELS

Arrivant de province

EXPOSITION PUBLIQUE

LE DIMANCHE 17 DÉCEMBRE 1893

De 1 heure 1/2 à 5 heures 1/2

Mᵉ LÉON TUAL	**M. FÉLIX GERARD Fils**
COMMISSAIRE-PRISEUR	EXPERT
56, rue de la Victoire, 56	7 *bis*, rue Laffitte, 7 *bis*.

HONOR
ADDIT
NATURÆ
IMPRIMERIE DE L'ART

CATALOGUE

D'UNE COLLECTION

DE

TABLEAUX MODERNES

AQUARELLES, DESSINS, PASTELS

PAR

Bail, Beauquesne, Boudin, Brown, Chaplin, Daubigny, Diaz.
Guillaumet, Guillemet, Harpignies, Isabey
Jongkind, Jacque, Lhermitte, Monticelli. Palizzi, Pelouze, Stevens
Van Marcke, Veyrassat. Vollon, Yon, Ziem, etc.

ARRIVANT DE PROVINCE

DONT LA VENTE AURA LIEU

HOTEL DROUOT, SALLE N° 7

Le Lundi 18 Décembre 1893

A TROIS HEURES PRÉCISES

Par le Ministère de **M⁰ LÉON TUAL**, commissaire-priseur

56, rue de la Victoire, 56

Assisté de **M. FÉLIX GERARD Fils**, expert

7 *bis*, rue Laffitte, 7 *bis*

Chez lesquels se trouve le présent Catalogue

EXPOSITION PUBLIQUE

Le Dimanche 17 Décembre 1893, de 1 heure 1/2 à 5 heures 1/2

CONDITIONS DE LA VENTE

La vente sera faite au comptant.

Les acquéreurs payeront *cinq pour cent* en sus des enchères.

Paris. — Imp. de l'Art, É. Moreau et Cie, 41, rue de la Victoire.

DÉSIGNATION

TABLEAUX MODERNES

AQUARELLES ET DESSINS

ABBATTE

1 — *Sur la route.*

Haut., 14 cent ; larg., 37 cent.

ANDRÉOTTI

2 — *Napolitaine.*

Haut., 28 cent.; larg., 22 cent.

ARTIGUES

(A.)

3 — *Le Quai aux fleurs.*

Haut., 41 cent.; larg., 32 cent.

BAIL

(J.)

4 — *Étain et cuivres.*

Haut., 55 cent.; larg., 47 cent.

BEAUQUESNE

5 — *L'Incendiaire.*

Haut., 34 cent.; larg., 27 cent.

BOUDIN

6 — *Marine.*

Haut., 26 cent.; larg., 37 cent.

BRISSOT

7 — *Moutons au pâturage.*

Haut., 14 cent.; larg., 24 cent.

BROWN

(J. L.)

8 — *Le Mont Saint-Michel.*

Œuvre importante de l'artiste.

Haut., 1 m 20 cent.; larg., 82 cent.

CHAPLIN

9 — *Jeune Fille à son lever.*

    Aquarelle.

DAUBIGNY

(C.)

10 — *Lisière de forêt.*

    Haut., 32 cent.; larg., 24 cent.

DIAZ

11 — *Fleurs.*

DUEZ

12 — *Sur la falaise.*

    Haut., 65 cent.; larg., 54 cent

FERRIER

(GABRIEL)

13 — *Enfants arabes tirant un bateau.*

    Haut., 49 cent.; larg., 67 cent.

GAGLIARDINI

14 — *Bords de la Méditerranée.*

Haut., 38 cent.; larg., 37 cent.

15 — *Bords de rivière.*

Haut., 40 cent.; larg., 56 cent

GERVAIS

16 — *Tête de femme espagnole.*

Haut., 31 cent.; larg., 24 cent.

GILBAULT

(E.)

17 — *Pêches, figues et raisins.*

Haut., 61 cent.; larg., 81 cent.

GRISON

18 — *La Leçon de cuisine.*

Haut., 32 cent.; larg., 24 cent.

GUILLAUMET

19 — *Étude de paysage en Afrique.*

Haut., 16 cent.; larg., 23 cent.

GUILLAUMIN

20 — *Paysage.*

Haut., 67 cent.; larg., 80 cent.

GUILLEMET

21 — *Entrée de village.*

Haut., 15 cent.; larg., 25 cent.

HARPIGNIES

22 — *Enfants dans un paysage.*

Étude.

Haut., 20 cent.; larg , 35 cent.

ISABEY

23 — *Chaumières.*

Esquisse provenant de la vente.

Haut., 38 cent.; larg., 30 cent.

JONGKIND

24 — *Bords de l'eau.*

Aquarelle.

JACQUE
(CH.)

25 — *Moutons sur la lisière de la forêt.*

JACQUE

(CH.)

26 — *Poules et coqs.*

Haut., 29 cent ; larg., 35 cent.

27 — *Moutons à l'abreuvoir.*

Haut., 46 cent.; larg , 38 cent.

LHERMITTE

28 — *La Forge.*

Fusain.

MAIGNAN

(ALBERT)

29 — *A travers champs.*

Pastel.

MICHETTI

30 — *Fillette.*

Haut., 18 cent ; larg , 9 cent.

MONGINOT

31 — *Œuf et cerises.*

Nature morte.

Haut., 35 cent.; larg., 27 cent.

MONTICELLI

32 — *Enfant offrant des fleurs.*

> Haut., 34 cent.; larg., 49 cent.

33 — *Banquet.*

Scène des Huguenots.

> Haut., 59 cent.; larg., 85 cent.

MONTENARD

34 — *Environ de Toulon.*

> Haut., 55 cent.; larg., 74 cent.

MOROT
(AIMÉ)

35 — *Femme nue vue de dos.*

> Haut., 33 cent.; larg., 24 cent.

PALIZZI

36 — *Au Puits.*

> Haut., 68 cent.; larg., 79 cent.

37 — *Le Petite chevrière.*

Salon de 1885.

> Haut., 65 cent.; larg., 55 cent.

38 — *En route pour le marché.*

Aquarelle.

39 — *Troupeau de chèvres.*

> Haut., 49 cent.; larg., 55 cent.

PELOUZE

40 — *Bords de rivière.*

Haut., 22 cent.; larg , 32 cent.

RAFFAELLI

41 — *Au Cabaret.*

Bronze.

RYSSELBERGHE

(VAN)

42 — *L'Enclos.*

Haut., 33 cent.; larg., 41 cent.

STEVENS

(A.)

43 — *Marine.*

Haut., 26 cent.; larg., 19 cent.

44 — *Soleil couchant; marine.*

Haut., 26 cent.; larg., 22 cent.

TATTEGRAIN

45 — *La Pêche.*

Haut., 32 cent.; larg., 55 cent.

THOMPSON

46 — *Moutons.*

Haut., 74 cent.; larg., 61 cent.

URGELL

47 — *Vue d'Espagne.*

Haut., 13 cent.; larg., 19 cent.

VAN MARCKE

48 — *Vaches dans la prairie.*

Haut., 24 cent.; larg., 31 cent.

49 — *Ferme normande.*

Haut., 33 cent.; larg., 26 cent.

(*Provenant de la vente Van Marcke.*)

VEYRASSAT
(J.)

50 — *Cheval à l'abreuvoir.*

Haut., 19 cent.; larg., 26 cent.

VOLLON

51 — *Nature morte.*

Haut., 26 cent.; larg., 22 cent.

52 — *Ferme.*

Étude.

Haut., 28 cent.; larg., 34 cent.

VOLLON

53 — *Aux alentours de la ferme.*

Haut., 47 cent.; larg., 38 cent.

54 — *Vue des Alpes.*

Haut., 39 cent.; larg., 55 cent.

55 — *Gibier.*

Haut., 49 cent.; larg., 61 cent.

YON
(EDMOND)

56 — *Paysage; bords de rivière.*

Aquarelle.

ZIEM

57 — *La Place Saint-Marc, à Venise, pendant une inondation.*

Haut., 74 cent.; larg., 53 cent.

58 — *Saint-Georges-Majeur, à Venise.*

Haut., 39 cent.; larg., 59 cent.

59 — *Martigues.*

Haut., 23 cent.; larg., 33 cent.

60 — *Venise; crépuscule.*

Haut., 67 cent.; larg., 1 m. 12 cent.

61 — *Constantinople.*

Haut., 44 cent.; larg., 68 cent.

ZIEM

62 — *Venise, Jardin français ; soleil couchant.*

Haut., 54 cent.; larg., 67 cent.

63 — *Environ de Venise.*

Haut., 21 cent.; larg., 33 cent.

64 — Sous ce numéro, différents tableaux de
de l'École moderne non catalogués.